2. Lesestufe

Claudia Ondracek

Reiterferiengeschichten

Mit Bildern von Heike Wiechmann

Ravensburger Buchverlag

Bibliografische Information der Deutschen Nationalbibliothek:

Die Deutsche Nationalbibliothek verzeichnet diese Publikation
in der Deutschen Nationalbibliografie.
Detaillierte bibliografische Daten sind im Internet
über **http://dnb.d-nb.de** abrufbar.

**Ich danke Petra Behrendt von
„Petras Reiterhof" in Parsteinsee-Lüdersdorf
für ihr begeistertes Erzählen
und ihre fachliche Beratung.**

4 5 6 7 8   15 14 13 12

Ravensburger Leserabe
© 2009 Ravensburger Buchverlag Otto Maier GmbH
Umschlagbild: Heike Wiechmann
Umschlagkonzeption: Sabine Reddig
Redaktion: Sabine Schuler
Printed in Germany
ISBN 978-3-473-36373-5

www.ravensburger.de
www.leserabe.de

Inhalt

Auf Umwegen — 4

Fast gleich! — 15

Die Ausreißer-Jagd — 22

Der Schubs zum Sieg — 32

Leserätsel — 41

Auf Umwegen

Maya pfeffert ihre Tasche
ins Zimmer.
Ausräumen kann sie später.
Sie will jetzt erst mal
zu den Ponys.
Im Flur rennt Maya fast
einen Jungen um.
„Pass doch auf!", zischt der.

„Pass du doch auf!",
faucht Maya zurück
und rennt weiter.
Soll er doch sauer sein.
Die Ponys sind wichtiger!

Draußen im Hof
sammeln sich die Kinder.
Alle quasseln wild durcheinander.
Denn alle freuen sich:
Endlich sind Ferien,
Ferien auf Petras Reiterhof!
„Können wir jetzt in den Stall?",
fragt Maya aufgeregt.
Petra lacht. „Gleich,
wir warten nur noch auf Alex."

Maya zappelt ungeduldig
hin und her.
Wo bleibt dieser Alex nur?
Wieso lässt er alle warten?
Da trottet jemand
langsam die Treppe herunter.
Es ist der Junge von eben.
Er ist älter als die anderen.
Meint der etwa, dass er hier
eine Extrawurst bekommt?
Maya wird wütend.

Da sagt Petra:
„So, wir sind vollzählig,
jetzt gehen wir in den Stall."
Stall?!
Maya vergisst ihre Wut sofort
und läuft los.
„Halt!", ruft Petra.
„Ich bin noch nicht fertig!"

Maya bleibt stehen.
Alex grinst.
Macht der sich etwa lustig über sie?
„Lasst euch bitte Zeit", sagt Petra,
„und schaut, zu welchem Pony
ihr einen guten Draht habt.
Das ist wichtig, denn schließlich
sollt ihr es gleich putzen.
Immer zwei Kinder
kümmern sich um ein Pony.
Und jetzt ab mit euch!"

Im Stall riecht es wunderbar
nach Stroh und Mist – und Pferd.
Mit glänzenden Augen
läuft Maya die Boxen ab.
Da schauen schwarze
und braune Köpfe heraus.
Da wird geschnuppert
und geknabbert.
Überall hört man Rufe:
„Och, ist der süß!"
„Schau mal,
was für eine schöne Mähne
der hat!"

Da zupft Maya jemand am T-Shirt.
Maya dreht sich um.
Zwei dunkle Augen
schauen sie neugierig an.
In diese Augen
verliebt sich Maya sofort.
Sie gehören einem Rappen.
„Na du", sagt Maya und hält
dem Pony die Hand hin.
„Kannst du mich riechen?"
Der Rappe schnuppert,
dann stupst er Maya sachte.

Die lacht: „Okay,
du hast die Wahl getroffen!"
Das Pony wiehert.
Maya strahlt.
Dass es so leicht geht,
hätte sie nicht gedacht.
Doch da sagt jemand hinter ihr:
„Hallo, Plau!"

Maya fährt herum.
Da steht dieser Alex!
Was will der denn hier?
Und woher weiß der
den Namen des Ponys?
Maya dreht sich wieder um.
„Du heißt also Plau",
murmelt sie so leise,
dass Alex es nicht hört.
„Komm, wir suchen uns
jemand Netten, nicht diesen Alex!"
Doch Plau reckt seinen Hals.
Was findet er nur an Alex?

„Na, Plau, du scheinst
dir ja sicher mit ihr zu sein",
sagt Alex und streckt Maya
die Hand hin.
„Wollen wir uns vertragen?
Plau hat sich noch nie geirrt:
Wen er mag, der ist einfach nett.
So war das in all den Jahren,
seit ich in den Ferien hier
auf dem Reiterhof helfe!"
Alex lacht und Plau wiehert.
Da muss auch Maya lachen
und schlägt ein!

Fast gleich!

Nie mehr wird Basti
auf ein Pferd steigen!
Gestern beim Ausritt
ist Rufus durchgegangen.
Zum Glück hat Basti sich
im Sattel halten können.

Aber der Schreck sitzt ihm
noch in den Knochen.
Das war's, ein für alle Mal.
Er und Pferde – das geht
einfach nicht!

Petra, die Besitzerin des Reiterhofs,
redet mit Engelszungen auf ihn ein.
„Basti, du musst unbedingt
gleich wieder auf ein Pferd steigen",
sagt sie. „Sonst wird
deine Angst immer größer.
Rufus hat sich gestern nur vor
einer Plastiktüte erschrocken.
Deshalb ist er durchgegangen.
Du hast nichts falsch gemacht."

Basti schüttelt energisch den Kopf.
Auch Maya und Elena
machen ihm Mut – und Kira meint:
„Nimm doch Romi,
die ist lammfromm!"
Basti holt tief Luft.
Okay, mit Romi könnte er es
wirklich noch einmal versuchen.
Die hat noch nie gebockt.

Basti läuft in den Stall.
Dort reckt sich ihm der braune Kopf
erwartungsvoll entgegen.
Basti krault Romi hinter den Ohren.
„Okay, mit dir trau ich mich.
Aber lass mich bloß nicht im Stich!"
Schnell holt Basti Romis Sattel
und das Zaumzeug.

Die anderen sind längst
in der Reithalle.
Mit zitternden Knien steigt Basti auf.
Romi steht ganz ruhig und wartet.
Vorsichtig reitet Basti an –
erst im Schritt.
Dann gibt er
noch mal Schenkeldruck.
Romi trabt die ganze Bahn.
Mit jedem Schritt von Romi
wird Bastis Herzklopfen weniger.
Er atmet tief durch.
Die Angst ist weg, zum Glück!

Da betritt Petra die Reithalle.
Sie schaut sich um.
Plötzlich ruft sie:
„Basti, bleib ganz ruhig!"
Basti schaut sie erstaunt an.
„Ich bin doch ruhig.
Romi läuft ganz wunderbar.
Ich hab gar keine Angst mehr."
Petra starrt ihn an.
Dann beginnt sie zu lachen.
„Wunderbar, Basti –
ich wusste es doch.
Du hast ein gutes Händchen
für Pferde.
Nicht jeder traut sich nämlich
auf Zora zu reiten.
Die ist manchmal etwas stur!"

Basti reißt die Augen auf.
„Zora?
Aber ich hab doch Romi gesattelt."
Petra schüttelt den Kopf.
„Nein. Romi hat vier weiße Beine
und Zora drei weiße
und ein braunes.
Aber sonst sehen sie sich
wirklich zum Verwechseln ähnlich!"

Die Ausreißer-Jagd

Hanna schreckt in ihrem Bett hoch.
Was war das nur für ein Geräusch?
Draußen ist es stockdunkel.
Es ist noch keiner
vom Reiterhof wach.
Auch Petra nicht, die Besitzerin.

Da hört sie es wieder:
ein Quietschen.
Das ist das Gatter zur Koppel.
Will das etwa jemand öffnen?

Schnell springt Hanna
aus dem Hochbett.
Sie rüttelt Kira am Arm.
„Was ist denn?",
fragt die verschlafen.
„Da ist jemand am Gatter",
wispert Hanna.
Kira ist sofort hellwach.

Gemeinsam schleichen sie
zur Haustür.
Zum Glück ist Vollmond,
da können sie gut sehen.
Am Gatter steht ein Schatten.
Ein großer Schatten!
Die beiden erstarren.
Da springt das Gatter auf –
und der Schatten rennt los.
Nein, er galoppiert los.
Über den Hof in den Garten.

„Das ist ein Pony!", ruft Kira.
„Das will abhauen. Los hinterher!"
Kira und Hanna laufen
in den Garten.
Die knorrigen Obstbäume
werfen unheimliche Schatten:
Manche sehen
wie gruselige Fratzen
und riesige Ungeheuer aus.

Kira und Hanna fassen sich
ängstlich an den Händen
und lauschen.
Nichts ist zu hören.
Nur ihre Herzen,
die vor Aufregung laut pochen.

Plötzlich knacken
hinter ihnen ein paar Äste.
Das Pony!
Kira und Hanna drehen sich um
und starren in die Dunkelheit.
Da kommt etwas!

Das ist aber kein Pony.
Das ist eine große weiße Gestalt!
„Hilfe, ein Gespenst!",
kreischen Kira und Hanna.
Sie rennen, so schnell sie können.
Aber das Gespenst ist ihnen
dicht auf den Fersen.
Da hören sie ein Wiehern.

Kira dreht sich im Laufen um –
und fängt an zu lachen.
„Bleib stehen, Hanna!", ruft sie.
„Das ist kein Gespenst,
das ist unser Ausreißer!"
Und wirklich:
Unter dem weißen Tuch
schauen Pferdebeine heraus.
Schnell befreien Hanna und Kira
das Pony von dem Tuch.

„Ihr seid super", sagt Petra,
die gerade dazukommt.
„Tara hat schon öfter
das Gatter geöffnet
und ist ausgebüxt.
Aber Gespenst gespielt
hat Tara bisher noch nie.
Das Bettlaken muss sie
von der Wäscheleine im Garten
gerissen haben."

Hanna und Kira lachen
und klopfen Tara den Hals.
„Ein schönes Gespenst bist du!"

Der Schubs zum Sieg

„Auf die Plätze, fertig, los!",
ruft Petra, die Besitzerin
des Reiterhofs,
und klatscht in die Hände.
Elena springt los.
Wer das Sackhüpfen gewinnt,
kriegt heute Abend
auf dem Abschiedsfest
einen Preis.
Und den will sich Elena
nicht durch die Lappen
gehen lassen.
Deshalb hüpft sie volle Pulle.
Das ist ganz schön anstrengend –
und staubig auch.

Pinsel scheint das Gehüpfe
zum Glück nichts auszumachen.
Der trottet ruhig hinter ihr her.
Aus den Augenwinkeln sieht Elena,
dass sie die meisten
schon abgehängt hat.

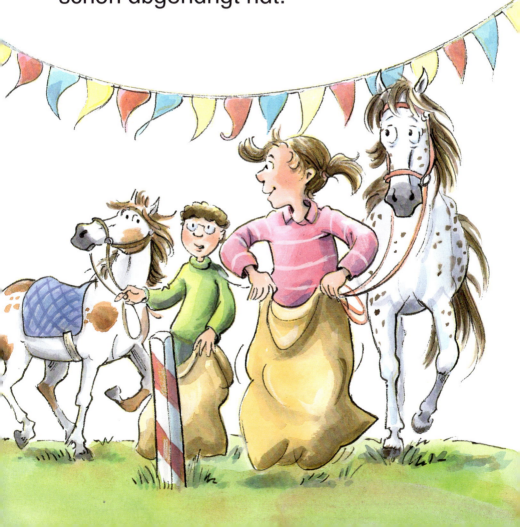

Und Basti neben ihr
fällt auch zurück.
Sein Pony Rufus läuft nicht mit,
wie es soll.
Nur Kira ist noch vor ihr.
Elena hüpft, was sie kann.
Sie holt auf.
Aber Kira ist immer noch
mindestens zwei Sprünge vor ihr.
Und die Ziellinie ist verdammt nah.

„So ein Mist", flucht Elena,
„das schaffe ich nicht mehr!"
Da kriegt sie von hinten
einen Schubs.
Elena macht einen Satz nach vorn.
Sie stolpert und landet
gleichzeitig mit Kira
auf der Ziellinie:
Kira stehend, Elena liegend.

Elena rappelt sich auf.
„Welcher Idiot hat mich …"
Da ruft Petra: „Unentschieden!
Ihr habt beide gewonnen!"
Lachend hilft Alex Elena
aus dem Sack.
„Den Sieg hast du
Pinsel zu verdanken!"

Elena starrt ihn an:
„Wieso Pinsel?"
„Na, der hat dich doch
ins Ziel geschubst",
sagt Alex. „Das gibt zwar
ein paar blaue Flecke,
aber Sieg ist Sieg!"
Elena kann es nicht glauben.
„Ist das wahr, Pinsel?",
fragt sie das Pony.
Pinsel kräuselt seine Lippen.
So, als grinse er.

„Ich glaube, Pinsel wartet auf etwas", meint Alex. Pinsel spitzt die Ohren und schaut Elena erwartungsvoll an. Die lacht und ruft: „Na klar, du hast dir eine riesengroße Portion Äpfel verdient!"

Dann fällt sie Pinsel um den Hals und flüstert ihm ins Ohr: „Du bist einfach wunderbar! Nächstes Jahr komme ich garantiert wieder, versprochen!"

Claudia Ondracek wollte nach ihrem Geschichtsstudium erst in einem Museum arbeiten, landete dann aber im Kinderbuchverlag. Schnell hat sie gemerkt, dass sie sich zwischen frechen Indianern, wilden Seeräubern und mutigen Rittern richtig wohlfühlt. So sehr, dass sie vor einigen Jahren anfing, selbst Geschichten zu schreiben. Die fallen ihr in ihrem Arbeitszimmer über den Dächern von Berlin ein oder wenn sie mit ihrem Sohn herumtobt.

Heike Wiechmann arbeitete nach ihrem Studium an der Fachhochschule für Gestaltung in Hamburg zunächst als Produktmanagerin, Zeichenlehrerin und Bauchtänzerin. Doch schon bald begann sie das zu tun, was ihr bis heute am meisten Spaß macht: Sie fing an Kinderbücher zu illustrieren. Heike Wiechmann lebt mit ihrem Mann und ihren beiden Kindern in Lübeck.

Leserätsel
mit dem Leseraben

Super, du hast das ganze Buch geschafft!
Hast du die Geschichten ganz genau gelesen?
Der Leserabe hat sich ein paar spannende
Rätsel für echte Lese-Detektive ausgedacht.
Mal sehen, ob du die Fragen beantworten
kannst. Wenn nicht, lies einfach noch mal
auf den Seiten nach. Wenn du die richtigen
Antwortbuchstaben in die Kästchen auf Seite 42
eingesetzt hast, bekommst du das Lösungswort.

Fragen zu den Geschichten

1. Wer zupft Maya am T-Shirt? (Seite 11)
    T : Alex.
    G: Ein Rappe.

2. Warum will Basti nie mehr auf ein Pferd
    steigen? (Seite 15)
    A: Rufus ist beim Ausritt mit ihm
        durchgegangen.
    U: Er ist vom Pferd gestürzt.

3. Warum ist Petra erstaunt, als sie die Reithalle betritt? (Seite 20)
   L: Basti reitet auf Zora anstatt auf Romi.
   R: Basti reitet auf Rufus.

4. Was sehen Hanna und Kira, als sie zum Gatter kommen? (Seite 25)
   N: Drei andere Kinder.
   O: Einen großen Schatten.

5. Wer ist das große weiße Gespenst? (Seite 31)
   P: Tara unter einem Bettlaken.
   S: Zwei große fremde Jungen.

6. Wer hat Elena durchs Ziel geschubst? (Seite 37)
   M: Kira.
   P: Ihr Pferd Pinsel.

Lösungswort:

1	2	3	4	5	6

Rabenpost

Jetzt wird es Zeit für die Rabenpost! Besuch mich auf meiner Homepage **www.leserabe.de** und gib dort unter der Rubrik „Leserätsel" das richtige Lösungswort ein. Es warten außerdem noch tolle Spiele und spannende Leseproben auf dich! Oder schreib eine E-Mail an **leserabe@ravensburger.de**.
Jeden Monat werden 10 Buchpakete unter den Einsendern verlost! Natürlich kannst du mir auch eine Karte schicken.

An den LESERABEN
RABENPOST
Postfach 2007
88190 Ravensburg
Deutschland

Ich freue mich immer über Post!

Dein Leserabe

Ravensburger Bücher

Leserabe

1. Lesestufe für Leseanfänger ab der 1. Klasse

ISBN 978-3-473-**36204**-2   ISBN 978-3-473-**36389**-6   ISBN 978-3-473-**36322**-3

2. Lesestufe für Erstleser ab der 2. Klasse

ISBN 978-3-473-**36325**-4   ISBN 978-3-473-**36372**-8   ISBN 978-3-473-**36395**-7

3. Lesestufe für Leseprofis ab der 3. Klasse

ISBN 978-3-473-**36329**-2   ISBN 978-3-473-**36313**-1   ISBN 978-3-473-**36399**-5

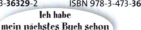

Ich habe mein nächstes Buch schon gefunden. Und Du?

www.leserabe.de